TI
LA TUA

www.battelloavapore.it

Apparato a cura di: Elàstico

I Edizione 2009

© 2009 - EDIZIONI PIEMME Spa
20145 Milano - Via Tiziano, 32
www.edizpiemme.it - info@edizpiemme.it

Stampa: Mondadori Printing S.p.A - Stabilimento AGT

Roberto Denti

TI PIACE
LA TUA FACCIA?

Illustrazioni di Stefano Turconi

PIEMME Junior

– A TE PIACE LA TUA FACCIA? – CHIESE CLAUDIO A MARCO.

– PERCHÉ NON DOVREBBE PIACERMI?

– PERCHÉ IO HO SOGNATO CHE NE AVEVO UN'ALTRA.

– TU FAI SEMPRE DEI SOGNI SENZA SENSO!

– I SOGNI NON SONO MAI SENZA SENSO. SONO SOGNI, E MI PIACE QUANDO ME LI RICORDO.

– LA SETTIMANA SCORSA HO SOGNATO
CHE ERO IN CIMA A UNA MONTAGNA
DI GELATI E PANNA MONTATA –
PROSEGUÌ CLAUDIO – E CHE
MANGIAVO RIEMPIENDOMI

LA BOCCA CON TUTTE E DUE LE MANI.
NESSUNO MI RIMPROVERAVA.
MI SONO SVEGLIATO TUTTO CONTENTO:
CERTO, NON È COME MANGIARE
DAVVERO UNA MONTAGNA DI GELATO
QUANDO NE HAI VOGLIA, MA ALMENO
NEL SOGNO NE HO FATTO UNA
SCORPACCIATA E NESSUNO MI HA
DETTO CHE MI SAREBBE VENUTO IL
MAL DI PANCIA.

– MA COSA C'ENTRANO I GELATI
CON LA TUA FACCIA?

– I GELATI NON C'ENTRANO,
MA ERANO UN SOGNO, COME QUELLO
DI STANOTTE, QUANDO
HO SOGNATO CHE AVEVO LA FACCIA
DI MIO FRATELLO.

– CHI, TUO FRATELLO GRANDE?
QUELLO CHE PERCHÉ HA DODICI ANNI
CREDE DI POTERCI PRENDERE IN GIRO
TUTTE LE VOLTE CHE CI VEDE?

– CI PRENDE IN GIRO, MA È BRAVO
E SA FARE TANTE COSE.
– SA SOLTANTO PARLARE E DIRCI CHE
FACCIAMO ANCORA LA PIPÌ A LETTO.

– NON È VERO. GIOCA A CALCIO NELLA
SQUADRA DELLA SCUOLA ED È UN
PORTIERE BRAVISSIMO; QUANDO DEVE
STUDIARE E FARE I COMPITI CI METTE
CINQUE MINUTI ANCHE SE LE COSE
CHE STUDIA SONO DIFFICILI.
POI VA DA SOLO AL CINEMA.

– E IO TI DICO CHE È ANTIPATICO
E SI DÀ UN SACCO DI ARIE.
– INSOMMA, IO HO SOGNATO
CHE AVEVO LA SUA FACCIA
E MI PIACEVA AVERLA. ERO PROPRIO
SICURO PERCHÉ RIUSCIVO A VEDERMI
NELLO SPECCHIO DEL BAGNO.

– COME FAI AD ARRIVARE ALLO
SPECCHIO DEL BAGNO? È SOPRA
IL LAVABO ED È FATTO PER I GRANDI.
QUANDO VOGLIO SPECCHIARMI DEVO
SEMPRE SALIRE SULLO SGABELLINO
O SUL CESTO DELLA BIANCHERIA.

– ANCH'IO, MA NEL SOGNO CI
RIUSCIVO SENZA FATICA, E MI VEDEVO
CON LA FACCIA DI MIO FRATELLO.

– NON CAPISCO COME SI FACCIA
A CAMBIARE FACCIA.
– PROVA A PENSARCI DURANTE
IL GIORNO. IO NON HO MAI PENSATO
DI CAMBIARE LA FACCIA CON QUELLA
DI MIO FRATELLO, MA DI AVERE GLI
OCCHI AZZURRI INVECE CHE MARRONI,
SÌ. ANCHE IL NASO: IL MIO SEMBRA

UNA PATATA E MIO PAPÀ MI CHIAMA
"IL MIO PATATINO". INVECE
MI PIACEREBBE UN NASO LUNGO
COME QUELLO DI DANILO, CHE HA
ANCHE LE ORECCHIE PICCOLE
E NON A SVENTOLA COME LE MIE.

– GLI OCCHI, IL NASO, LE ORECCHIE:
MA ALLORA DIVENTI UN ALTRO!
– NO, IO RIMANGO IO, CON LA FACCIA
DIVERSA.

– IMPOSSIBILE, O CAMBI TUTTA
LA TESTA, CON DENTRO I PENSIERI,
O NON PUOI.
– IO DICO LA FACCIA DI FUORI,
NON QUELLA DI DENTRO, UNA FACCIA
CHE SCELGO IO, FATTA COME DICO IO
E NON QUELLA CHE HO.

– TU CONFONDI QUELLO CHE SOGNI CON QUELLO CHE C'È. NON È POI COSÌ BRUTTA LA TUA FACCIA, ANZI, TU SEI MIO AMICO E MI SEI SIMPATICO.

– SEI GENTILE; INVECE A MARIAROSA
NON SONO SIMPATICO: IO CERCO
DI GIOCARE E STARE CON LEI
E LEI NON VUOLE MAI.

– MA NON È PER LA FACCIA, CREDO.
MARIAROSA È UNA BAMBINA, HA
LA PUZZA SOTTO IL NASO E I NOSTRI
GIOCHI NON LE PIACCIONO. NON
VUOLE MAI FARE LA SQUAW QUANDO
FACCIAMO GLI INDIANI E A SCUOLA
È LA PRIMA DELLA CLASSE!

– A ME MARIAROSA PIACE,
MA IO NON PIACCIO A LEI.

– VA BENE, MA COSA C'ENTRA LA FACCIA? IO, QUANDO MI GUARDO NELLO SPECCHIO, MI TROVO GIUSTO COME SONO E NON HO MAI PENSATO DI CAMBIARE.
– BEATO TE. A ME LA MIA FACCIA NON PIACE.

E ORA...

...GIOCA CON NOI!

LA FACCIA
SCOMBINATA

METTI OGNI PEZZO
DELLA FACCIA DI CLAUDIO AL POSTO
GIUSTO NELLA CORNICE.

GATTI QUA, GATTI LÀ...

QUANTI GATTI RIESCI A TROVARE NEL DISEGNO?

CHE COSA VIENE PRIMA?

METTI NELL'ORDINE GIUSTO I QUATTRO MOMENTI DELLA GIORNATA.

Chi è Roberto Denti?

C'era una volta, tanto tempo fa, un bambino né alto né basso, né grasso né magro, un bambino normale insomma, a cui piaceva sempre ascoltare fiabe e storie di qualsiasi genere. Alla nonna, alla mamma, al papà, alle zie e agli zii, agli amici di casa chiedeva: «Mi racconti una fiaba, mi racconti una storia?». Non chiedeva di guardare la televisione perché ai suoi tempi non c'era, come non c'erano le merendine e i videogiochi. Questo bambino abitava in una piccola città che si chiama Cremona, quasi sulle rive del Po. La domenica, anche quando faceva freddo o la nebbia era così fitta che non si vedeva l'altra sponda del fiume, con la famiglia era d'obbligo la passeggiata lungo gli alti argini che proteggevano i campi quando l'acqua si alzava in modo pericoloso.

Così il bambino imparò la storia di pescatori e di pirati su barche piccole e grandi. Le vacanze d'estate erano trascorse in montagna in un paese delle Dolomiti vicino a una zona magica che si chiama Prà del Confin, dove gli sembrava che davvero si nascondessero fate e nani fra l'ombra degli alberi e i fiori del sottobosco. Poi il bambi-

Roberto Denti, a sinistra nella foto, abbracciato a suo fratello (1933)

no imparò a leggere e, come era stato convinto di essere Cappuccetto Rosso o Cenerentola, il Gatto con gli Stivali o Pollicino quando ascoltava le fiabe, così si sentiva Sandokan o Robinson Crusoe, Mowgli o D'Artagnan, quando riuscì a leggere romanzi meravigliosi. A un certo momento della sua vita, il ragazzo, ormai uomo, ha imparato

Roberto Denti

che quando una cosa piace è molto bello farla conoscere agli altri. Ha pensato alcune storie, si è divertito a giocare con le vecchie fiabe e le ha scritte e pubblicate. Molte sono piaciute e adesso spero che anche questa piaccia ai giovani lettori.

Chi è Stefano Turconi?

*Stefano
a tre anni*

Sono nato in un paesello in provincia di Milano, nel 1974. Quando ero piccolo tutti i miei amici volevano fare i piloti di robot, io invece sognavo di fare il contadino, perché mi piacevano gli animali e il mio cartone animato preferito era *Heidi*.

Purtroppo sono pigro! A me piace svegliarmi tardi, e quando mi hanno spiegato che in una fattoria ci si alza all'alba e si lavora tutto il giorno figuratevi che dramma!!!

Ho subito cambiato idea. Mi piaceva disegnare, e il pensiero che l'unica fatica fosse temperare la matita era allettante. Così decisi di fare il disegnatore.

Adesso vivo con mia moglie, che fa la sceneggiatrice di fumetti (guarda caso!). Nel tempo libero mi piace pasticciare con le tempere, andare a camminare in montagna e viaggiare in posti lontani.

Mi piacciono i formaggi puzzolenti, i salumi grassi, il gelato alla stracciatella e il caciucco alla livornese.

Ah, ho realizzato il sogno di svegliarmi tardi la mattina! Peccato che poi mi tocca stare tutto il giorno attaccato al tavolo da disegno. Forse effettivamente fare il pilota di robot…

Stefano Turcon